Erzählt und gezeichnet von Jan Ivens
Deutsch von Michael Markus

MARTIN

Das Unwetter

Martin sammelt heute vor seinem Haus das Laub ein.
Es ist Herbst und der Wind bläst kräftig. Bei diesen Wetterbedingungen werden die Blätter immer wieder vor sein Haus geweht.
„Hallo, Martin!", ruft Herr Eichhorn, der genau oberhalb von Martins Haus wohnt.
„Wenn du Eicheln findest, gib sie bitte mir. Dann kann ich meinen Vorrat für den Winter ergänzen."

Plötzlich frischt der Wind auf und dunkle Wolken türmen sich. Die Blätter wirbeln um Martin herum.
Bei einem solchen, kräftigen Wind, kann Tschiep-Tschiep, der Spatz, nicht mehr geradeaus fliegen. „Puh!", sagt Martin, „Lasst uns schnell nach Hause gehen. Der Sturm frischt auf und bläst uns sonst um!"

Binnen kurzer Zeit fallen dicke Regentropfen vom Himmel: Plitsch - platsch!
Dann werden die Wolken noch dunkler. Schnell lässt Martin seinen Rechen fallen und saust mit seinem Freund, Tschiep-Tschiep, ins Haus. Auch Paco, die Schnecke, geht mit, obwohl sie eigentlich ein eigenes Haus auf dem Rücken hat.

Ohne Vorwarnung zuckt ein gewaltiger Blitz über den Himmel. Gleich danach kracht ein lauter Donner! Zum Glück sind unsere Freunde im sicheren Haus.
Plötzlich geht die Tür auf und Herr Eichhorn kommt herein.
„Martin, kann ich bei dir bleiben? Ich habe solche Angst vor Gewitter!"
„Natürlich, komm rein!", sagt Martin.

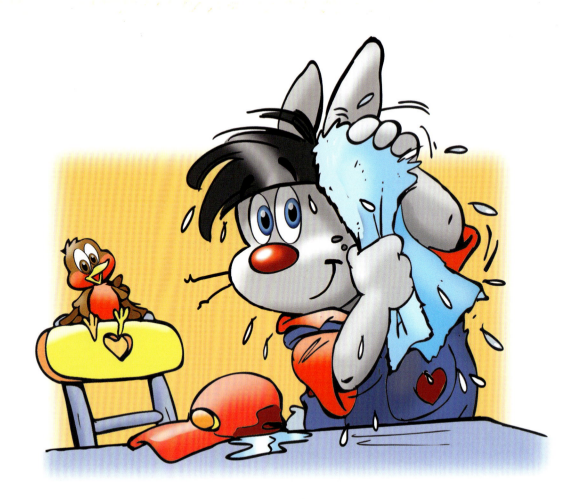

Jetzt sind Martin und seine Freunde sicher im Haus untergebracht. Martin holt ein Handtuch, damit sich alle abtrocknen können.
„Und was machen wir jetzt?", fragt Tschiep-Tschiep.
Aber bevor Martin antworten kann, reißt eine Sturmböe das Fenster auf und Blätter und Regen werden ins Haus geblasen.

„Ach, du lieber Himmel!", schnauft Martin. „Ich muss raus und die Fensterläden schließen!"
Martin zieht Jacke und Mütze auf und seine Freunde schauen ihm staunend nach.
Er geht hinaus in den Sturm und kämpft gegen den Wind. Schließlich schafft er es, sogar die Fensterläden trotz des schweren Sturms zu schließen.

„Brrr...", sagt Martin, als er merkt, wie langsam die Kälte durch seine Jacke dringt. „Ich muss schnellstens wieder ins Warme!"
Als er auf dem Rückweg ins Haus ist, sieht er Molly, den Maulwurf, mit einem Regenschirm im Garten. „Was machst du denn hier?", fragt er den Maulwurf. „Bei solch einem Wetter geht man nicht aus!"

„Molly", sagt er, „Schau dir deinen Bau an. Alles ist überflutet. Geh in mein Haus. Da ist es warm und sicher!"
„Danke, Martin!", sagt der Maulwurf glücklich. Als sie gerade die Haustür erreichen, frischt der Sturm nochmals auf und reißt Molly, den Maulwurf, mit samt seinem Regenschirm mit sich.

Zum Glück erwischt Martin seinen Freund gerade noch bei der Hand und zieht ihn mit aller Kraft zu sich.
Schließlich betreten beide Hand in Hand Martins Haus. Herr Eichhorn, Tschiep-Tschiep und Paco begrüßen Molly herzlich.
„Kommt, wir spielen etwas!", schlägt Herr Eichhorn vor.

„Super-Idee!", sagt Martin. „Und was wollen wir spielen?"
Er öffnet einen Schrank, worin zahlreiche Spiele liegen. Dann suchen sich die Freunde welche aus und spielen eines nach dem anderen.
Auf diese Weise vergessen sie den Sturm völlig.

„Ja!", ruft Herr Eichhorn. „Ich habe gewonnen!"
„Du hast immer so viel Glück!", antwortet Molly.
Plötzlich ruft Martin:
„Hört mal! Es regnet nicht mehr! Wir haben gar nicht gemerkt, dass der Sturm aufgehört hat. Ja, so ist es, wenn man mit Freunden zusammen ist!"

Alle rennen nach draußen.
Die Sonne lacht vom Himmel und nicht ein Wölkchen zeigt sich.
Herr Eichhorn, Tschiep-Tschiep, Molly und Paco verabschieden sich von Martin.
„Danke dir für deine Gastfreundschaft, Martin! So mussten wir keine Angst vor dem Sturm haben und konnten einen schönen Tag miteinander verbringen…"

Erzählt und gezeichnet von Jan Ivens
Deutsch von Michael Markus

MARTIN
Ein Haus für Daisy Hase

An diesem herrlichen, sonnigen Tag, liegt Martin zusammen mit seinen Freunden Tschiep-Tschiep, dem Spatzen, und Paco, der Schnecke, im Schatten unter einem Baum. Sie wissen nicht, was sie tun sollen und langweilen sich fürchterlich.
„Ich hoffe, heute passiert noch etwas Lustiges!", sagt Martin.

Während die drei Freunde rumhängen, taucht plötzlich Charles, der Tauben-Briefträger, aus den Wolken auf. Er landet auf dem Briefkasten von Martin und ruft: „Post für Herrn Martin!"
Martin rennt zum Briefkasten: „Post für mich? Wer schreibt mir wohl?"
Tschiep-Tschiep und Paco sind ebenfalls sehr neugierig, wer da wohl geschrieben hat.

Der Brief ist von seinem Cousin Fred.
„Lieber Martin!
Unsere Cousine, Daisy Hase, will zu uns in den Wald in das leerstehende Haus ziehen, aber da muss noch unheimlich viel repariert werden. Kannst du uns helfen?
Danke, dein Cousin Fred!"
Tolle Idee! Martin holt sein Werkzeug und macht sich auf den Weg.

Martin läuft hinüber zu Daisys neuem Zuhause und Tschiep-Tschiep begleitet ihn.
„Das ist toll, dass du uns helfen kommst!", sagt Fred, als er Martin ankommen sieht.
Oskar, der Biber, ist auch als Unterstützung gekommen.

Fred stellt Oskar Martin vor: „Das ist mein Cousin Martin". „Wir haben uns schon getroffen!", sagt Martin.
„Ja, wirklich nett, dich zu sehen!", antwortet Oskar.
Fred bittet Martin, die Fenster und die zerbrochenen Fensterläden zu reparieren.

Ohne zu zögern baut Martin die neuen Fenster ein. Dann schraubt er die lockeren Fensterläden mit seinem Schraubendreher fest. Tschiep-Tschiep zwitschert bewundernd: „Das machst du ja super, Martin! Daisy wird von ihrer neuen Heimat begeistert sein."

Und da kommt die neue Nachbarin, Daisy, auch schon an und strahlt: „Lieber Martin, du hast ja die Fenster toll hinbekommen!" Daisy öffnet ihre Tasche und zieht einen neuen Baldachin hervor, der oberhalb der Fenster angebracht werden soll. Oskar und Martin sind von den fröhlichen Farben begeistert.

Martin holt eine Leiter, um den Baldachin anzubringen. „Sei vorsichtig!", sagt Daisy und hält die Leiter gut fest.
Martin klettert langsam empor.
Dann sucht er einen festen Stand und befestigt den neuen Baldachin am Haus.

Als der Baldachin montiert ist, stellen sie fest, dass die Farben nicht zu den Fenstern passen. Martin schlägt vor, die Fenster neu zu streichen und Daisy verspricht, ihm dabei zu helfen.

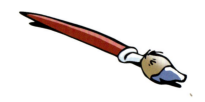

Die Malerei ist beendet und Daisys Haus sieht aus wie neu. „So, jetzt machen wir sauber!", sagt Fred. Er hebt die Leiter hoch, um sie zusammenzufalten und sieht nicht, dass noch ein Farbeimer oben daraufsteht. „Vorsicht!", brüllen Martin und Daisy gleichzeitig und wissen doch, was als Nächstes passiert...

Aber es ist zu spät. Der Farbeimer mit gelber Farbe hüpft erst in die Luft und landet dann auf... Martins Kopf! Martin ist gelb, von oben bis unten. „Oh, nein!", sagt Fred, „Ich ... pfff, krch...!" und kann sein Lachen kaum unterdrücken. Daisy fängt auch an zu prusten: „Du siehst richtig gut aus, Martin!"

Fred tut es furchtbar leid und er entschuldigt sich bald hundertmal bei Martin. Doch statt sauer zu sein, stimmt Martin in das Gelächter ein.
Nachdem er die Farbe abgewaschen hat, beschließt er nach Hause zu gehen und sagt zum Abschied zu Fred: „Reg dich nicht auf. Wir hatten richtig etwas zu lachen!"
Daisy gibt Martin einen dicken Kuss auf die Wange: „Danke für deine Hilfe, Martin!"

Erzählt und gezeichnet von Jan Ivens
Deutsch von Michael Markus

MARTIN

Kein Wasser mehr!

Es ist ein herrlicher Tag im Wald.
Martin und seine Freunde beschließen, sich um die Karotten in Martins Garten zu kümmern.
„Martin," sagt Molly und krabbelt aus seinem Maulwurfsloch. „Vergiss nicht zu gießen. Die Erde sieht sehr trocken aus!"

Martin ist dankbar für den Hinweis seines Freundes und will seine Kanne füllen.
Aber, ach du lieber Himmel, es kommt kein Wasser mehr aus dem Hahn!
„Was willst du jetzt machen?", fragt Tschiep-Tschiep, der kleine Spatz besorgt.
„Deine Karotten brauchen viel Wasser, um schön groß zu werden!"

„Lasst uns zunächst mal die Leitung zum Bächlein prüfen!", schlägt Martin vor.
Als Martin und seine Freunde am Bach ankommen, sehen sie, dass er ausgetrocknet ist.
„Das ist wirklich merkwürdig!", sagt Martin.
„Gestern gab es hier noch jede Menge Wasser, das munter plätscherte."

Plötzlich taucht Freddy, der Frosch, in seinem schicken Badeanzug auf.
„Hallo, Martin, willst du eine Runde schwimmen?", fragt er.
Martin warnt ihn:
„Nein, Freddy, spring da nicht rein! Es ist kein Wasser...!"
Zu spät!
Der Frosch springt im hohen Bogen ins Wasser und - peng - landet auf dem Trockenen.
„Aua!"

„Autsch!", sagt Freddy und reibt seinen Kopf.
Aber wo ist das Wasser geblieben?
„Das finden wir raus!", sagt Martin.
„Wir laufen zur Quelle hinauf und sehen dort nach, was passiert ist."
Auf dem Weg treffen sie Frau Ente mit ihren Kindern.
Sie würden auch gerne schwimmen, aber der Teich ist fast leer.

Martin sieht auch die Fische, die kein Wasser haben. Und ohne Wasser können die Fische nicht atmen.
Zum Glück haben sie noch ein Plätzchen gefunden, wo noch etwas Wasser steht. Damit sind sie zunächst gerettet.

„Puuh, das ist eine ernste Situation!", schnappt Martin.

„Wir müssen schnellstens etwas tun. Ohne Wasser bekommen wir alle riesige Probleme. Also weiter den Bachlauf hinauf zur Quelle!"

Plötzlich sehen Martin und seine Freunde einen gewaltigen Wall aus Baumstämmen und Ästen mitten im Bach. Der hat das Wasser gestoppt!

Hinter dem Wall sieht Martin zwei Biber, die ein Hausboot bauen.
„Hallo, Herr Biber!", ruft Martin.
„Was macht ihr da?"
Der Biber schaut und antwortet:
„Moment, ich komme!"

Der Biber springt in sein kleines Ruderboot und kommt zu Martin und seinen Freunden ans Ufer.
„Schön, neue Nachbarn zu treffen!", ruft er beim Anlegen.
„Wir sind gerade vor Kurzem im Wald angekommen!"

Der Biber gibt Martin die Hand und sagt:
„Hallo, mein Name ist Oskar!"
„Kann ich etwas für euch tun?"
Martin deutet auf den Damm und sagt:
„Schau mal, du hast da einen Damm gebaut. Der hält das ganze Wasser zurück. Die anderen Tiere im Tal brauchen auch Wasser. Du musst mit uns teilen!"

„Oh, das war nicht meine Absicht!", antwortet Oskar.

„Wir Biber bauen immer Dämme und denken nicht daran, was flussabwärts passiert."

Oskar macht sich gleich daran, den Damm wieder abzubauen und schon fließt das Wasser wieder ins Tal.

Und dank der Großzügigkeit von Oskar, werden der Biber und Martin und alle seine Freunde die besten Nachbarn.

Martin und Freddy verabschieden sich bei Oskar und laufen zu ihrem Teich zurück.
Mama Ente ist sehr glücklich, dass sie mit ihren Kleinen wieder im Teich herumpaddeln kann. Die Fische sind natürlich besonders froh und Freddy springt mit einem Riesensatz in seinen Teich.
„Und ich werde jetzt meine Karotten gießen!", beschließt Martin. „Die brauchen dringend Wasser!"